저 나목 아픔 없이 잎 피웠을까

김현주 시집

시음사
시사랑음악사랑

새봄에 피어나는 들꽃처럼
희망의 삶을 그려내는 김현주 시인

인생을 살다 보면 아픔 없는 삶이 어디 있을까? 저마다 상대적으로 차이는 있겠지만, 누구나 아픔 하나쯤은 품고 살아간다. 그 과정에서 어떻게 헤쳐 나가고 견디며 치유해 가는지에 따라서 삶의 방향과 질은 많이 달라진다.

"저 나목 아픔 없이 잎 피웠을까" 시집 저자인 김현주 시인은 함께 하고 싶지 않은 '암'이라는 존재를 만나 큰 고통과 좌절감을 맛보았다. 하지만 거기에서 멈추지 않고 긍정적인 사고와 적극적인 삶의 태도로 당당하게 맞서며 물러서지 않았다. 자신의 의지와 상관없이 불청객이 찾아온 삶이지만, 기꺼이 받아들였고 또한 치료를 위해 열심히 달려왔다. 아침에 눈을 뜨면 살아있다는 것이 기쁨이었고 그 시간이 더욱 소중하게 여겨지며, 일상적인 것들이 기적으로 다가와 심장을 뛰게 했다. 그리고 김현주 시인의 삶이 고스란히 '詩'가 되어 "저 나목 아픔 없이 잎 피웠을까" 시집을 통해 독자 앞에 당당히 선보이게 되었다.

또한 김현주 시인은 詩뿐만 아니라 여러 방면에서 문화예술 활동을 하는 종합예술인이다. 한국화 그림과 함께 캘리그래피에도 도전하면서 이번 첫 시집 "저 나목 아픔 없이 잎 피웠을까" 표지와 제호 글씨도 직접 선보였다.

김현주 시인의 "저 나목 아픔 없이 잎 피웠을까" 작품을 감상하다 보면 시인은 제호 안에 들어 있는 의미처럼 아픔과 고통 속에서 포기하지 않으려는 의지와 자신에게는 물론 또 다른 누군가에게 기쁨과 행복을 전달하고 싶어 한다. 그냥 지나칠 수 있는 풀꽃과 들꽃을 한 번 더 바라보고 또한 겨울을 이겨내고 다시 돋아나는 새싹과 생명이 움트는 봄을 소재로 하여 여류 시인의 섬세함으로 김현주 시인만의 색깔로 해석하여 희망의 삶을 노래하고 있다. 그 시심이 독자에게 공감되고 전달된다면 더없는 행복이고 기쁨이 배가 될 것이다. 불현듯 다가온 불행 앞에서 더욱 강해지고 견고해진 삶의 흔적이 "저 나목 아픔 없이 잎 피웠을까" 하나의 시집으로 탄생했다.

자고 일어나 눈을 뜰 수 있는 오늘이라는 시간이 내게 주어짐을 기적이라 생각하고 너 감사하면서 김현수 시인의 첫 시집 "저 나목 아픔 없이 잎 피웠을까"를 통해 독자에게 따뜻한 햇살이 되길 바라는 마음으로 기쁘게 추천한다.

(사)창작문학예술인협의회 부이사장 박영애

시인의 말

아침에 눈을 뜨면
내리쬐는 햇살에 감사하며
심장이 뛰고 있는 지금
이 순간순간 그저 행복할 뿐입니다

꾸미지 않아도
누가 봐주지 않아도
추운 겨울 이겨내고
빗줄기와 바람에 몸 씻고 말리면서

세상 보란 듯이 피어나는 들꽃처럼
삶을 그리고 싶은 마음을 담아 글밭을 만들었습니다

한 편의 글
독자에게 공감하여 쉼이 되었으면 합니다

시인 **김현주**

QR코드 스마트폰으로 QR 코드를 스캔하면
시낭송을 감상할 수 있습니다 본문
시낭송
감상하기

 제목 : 상처의 노래
시낭송 : 박영애

 제목 : 장미의 소망
시낭송 : 박영애

 제목 : 연꽃
시낭송 : 박영애

 제목 : 야생화
시낭송 : 박영애

 제목 : 징검다리
시낭송 : 조한직

 제목 : 투병
시낭송 : 박영애

 제목 : 봄 사랑
시낭송 : 박영애

 제목 : 흐린 날
시낭송 : 장화순

 제목 : 시를 그리다
시낭송 : 박영애

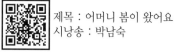 제목 : 어머니 봄이 왔어요
시낭송 : 박남숙

 제목 : 동백꽃
시낭송 : 박영애

 제목 : 초승달
시낭송 : 박영애

제목 : 첫사랑
시낭송 : 박영애

 제목 : 중년의 꿈
시낭송 : 박남숙

 제목 : 가을 장미
시낭송 : 박영애

 제목 : 밀양 아랑각의 봄
시낭송 : 박남숙

 제목 : 아침
시낭송 : 조한직

 제목 : 겨울 편지
시낭송 : 박영애

 제목 : 비
시낭송 : 박남숙

 제목 : 해바라기
시낭송 : 최명자

 제목 : 별을 안고 잠드는 날
시낭송 : 박영애

 제목 : 그리움
시낭송 : 박남숙

 본문 시낭송 모음 1

 본문 시낭송 모음 2

영상은 YouTube 정책 또는 운영 관리에 따라 삭제될 수도 있습니다.

시인은 자연을 이야기하고 시낭송가는 자연을 품었다
글자는 날개를 달아 언어로 날고 소리는 자연에 눕는다

* 목차

* 목차

상처의 노래

저 나목
슬픔 없이 꽃잎을 떨구었을까
아픔 없이 잎을 피웠을까

지금은 빈 가지뿐
봄을 기약하는 비탈에서
눈을 감고
가쁘게 숨을 쉬어야
햇살 한 조각을 잡을 수 있다
살아갈 온기를 품을 수 있다

찬바람에 베인 흔적을 핥으며
삶을 위한 몸짓을 길게 뻗는다
슬픔의 언덕
아픔의 강물을 건너
저 멀리서 다가오고 있을 봄을 향해.

제목 : 상처의 노래
시낭송 : 박영애
스마트폰으로 QR 코드를 스캔하면
시낭송을 감상할 수 있습니다

장미의 소망

추억을 남기고 떠난 어제가
새로운 새벽을 열고
감사하는 마음으로 받아 든 백지 한 장
설레는 하루를 안아본다

내리쬐는 아침 햇살 포옹하면서
무성한 잡초들 사이 덩굴 하나
담장 철망을 기어오르려 한다

사람들 속으로 향하는 길을 열고
온기를 주고 마음을 쉬게 해주는
오늘의 오선지에 꽃의 향기를 날리고

피우고 지는 인연의 봄날
길손들 얼굴을 다정하게 바라보며
그들의 가슴에
한 송이 꽃으로 남고 싶다.

제목 : 장미의 소망
시낭송 : 박영애
스마트폰으로 QR 코드를 스캔하면
시낭송을 감상할 수 있습니다

11

지독한 그리움

내 마음 온통 네가 가진 날
주고도 주고 싶은 마음이다

내 생각보다 네 생각이 많을 때
내가 네가 되어 버린 날
나의 전부를 맡기고 싶은 마음

내밀고 내밀어도 닿지 않는 손길
불러도 불러도 울리지 않는 소리

사라질 틈 없이 자라는 그리움
지독한 사랑이어라.

물양귀비

작은 파문에도 휘청거리는
물의 나라에서 건너온
잔뿌리 연한 줄기마저
물 넝쿨을 감고
요염한 몸짓 누구를 기다릴까

내리쬐는 햇살 한 움큼 안고
맑은 미소와 향기
지나가는 길손들 발목을 잡고
시간을 저만치 보내고 있다

깨끗하고 청순한 마음 담아
물의 흐름 어두운 그늘마저
삼켜버린 아름다움에 취한다.

봄은

봄은
아무리 추위가 기승을 부려도
끝내 오고야 만다는 것을 알고 있다

봄은
겨우내 사랑에 허기진 마음을 채우고
지천에 돋아나는 새싹, 꽃들이 반겨주는
희망과 꿈을 안겨준다

봄은
산새들 노래 음률에
색색의 물감을 풀어서
멋지게 수채화를 그린다

봄은
텅 빈 들녘
넉넉한 농부들의 분주한 손길로
화려하게 채색하는 계절이다.

병동의 하루

긴장과 초초함이 몰려오는
하얀색으로 물든 공기
가슴에 스며드는 한기
무거운 마음 허공에 떠 있다

꾹꾹 다진 고통
몸부림 콧등에
뜨거운 땀방울이 맺히고
참지 못한 슬픔
비 오는 듯 쏟아진다

피할 수 없는 현실
또 다른 고통
이겨내기 위한 안간힘으로
나를 안아 본다

어두운 터널
시간 속 아픈 어루만져
사랑하는 모든 이들의 기도에 헛되지 않는
밝은 모습으로 맞이할 것이다.

연꽃

혼탁한 세상 아픈 기억들
저 늪 초록 속살 빈 가슴 곱게 뉘고
삶의 질곡을 움켜쥐고 몸을 닦는다

이슬방울 굵게 맺혀
물 위로 굴러떨어져
몇억 만 겁 고행길 돌아
물결처럼 출렁이다

채워지면 비워내는 지혜로움
온 누리 자비(慈悲)와 광명으로
오시는 길 산사의 불 밝혀

진흙 뻘에 발 묻고
흔들리는 무릎 세워
다소곳한 자태
영롱한 눈빛으로 마중할 것이다.

제목 : 연꽃
시낭송 : 박영애
스마트폰으로 QR 코드를 스캔하면
시낭송을 감상할 수 있습니다

16

양지꽃

양지 녘 산책길
보이지 않던
노란 미소 풀꽃 한 송이 피었다

긴 겨울 추위를 이겨내고
빗줄기와 바람에
몸 씻고 말리면서 피었다

꾸밈없이 누가 봐주지 않아도
햇볕 오롯이 받으면서
화사하게 피었다

내려놓고 바라는 욕심 없이
세상 보란 듯이
웃고 있는 너를 닮고 싶다.

사랑

봄은
설렘으로 부풀어 오른다

꽃이 피는 동안
허물어지지 않고
모두가 꽃인 듯
서로 보듬는 사랑을 하자

어디선가 부르거든
담장 넘어 흐드러지게 핀
장미처럼 돌아보고

누군가 손을 내밀면
수줍은 미소로
살랑이는 한 무리 들꽃이 되자

가슴에 품고 품어서
사랑할 수밖에 없는 꽃으로 피우자

하여 사랑이다
봄은.

봄노래

깊은 잠 깨우지 않아도
봄이 아침잠을 걷어내고
창가에 앉아 속닥거리고

연둣빛 바람과 함께 내리쬐는
봄 햇살을 살포시 안고 춤을 춘다

입맛 불러들이는 소박한 밥상
파릇한 냉이 향
입안에 봄이 가득하다

길섶마다 봄까치꽃
길손들 발목을 잡고
인사하느라 분주한 봄날이다

맑은 하늘빛 아래
밭두렁 걸터앉아
아지랑이 무지갯빛 담아
봄 이야기 풀어 놓는다.

길 위에 나를 세운다

지난 아픈 시간
발밑에 묻어두고
오늘도 나는 걷고 걷는다

걸을 때마다
감사한 생각이 머물면서
한순간도 놓치고 싶지 않은 욕심을
길 위에 세운다

천천히 걸으면서
늘 분주했던 마음
여유롭게 세상을 내다볼 것이다

나의 삶과 희망을 위해서
오늘도 나를 세워 힘차게
당당하게 걸어갈 것이다.

무척산을 그리다

아름다운 사계절 담고 있는
무척산 손짓
마음이 먼저 향하고 있다

산자락 스님의 독경
장군 바위 흔들바위
사랑 노래 듣는 부부 연리지

하얀 가슴으로 반기는
한 폭의 그림 천지 폭포
산 중턱 수로왕 유래로
심호흡하는 천지 연못

숨찬 산행길
땀으로 범벅된 몸 정상에 담고
하산길 얼룩진 욕심
미움 시기 사랑으로 품는다.

천지 폭포

하얀 미소로 채워진
바위틈 그리움 녹지 않고
화려한 멋에 걸음을 멈춘다

거센 동장군 칼 휘두른 자리
대자연의 힘 빌려
아름답게 수놓은 천지 폭포 눈 맞춤

쌓인 추억 한 움큼
펼쳐놓은 분재 얼음꽃
어느 화가의 그림인지

실바람 타고 온 포근한 선녀 날갯짓에
한 자락 눈물 꽃 녹아내리는 날

남몰래 숨겨진 아픈 사랑
살며시 꺼내어 어루만져
따뜻한 봄날 그대를 마중하련다.

겨울비

찬 공기가 스며드는 이른 새벽
창문을 두드리면서
어둠 속의 공연
이보다 완벽한 무대는 없으리

날개 접고 움츠렸던 겨울나목
산과 들이 들썩이고
씨앗들 꼼지락거리는 소리

몸살을 앓고 있는 목련나무
화들짝 기지개를 켠다

흥겨운 비의 난타
봄 길을 여는 소리
설레는 마음으로 마중하리.

봄맞이꽃

봄 햇살을 즐기면서
자리 시샘 없이 양지 녘 무리 지어
청초한 눈빛으로 봄을 맞이합니다

무심히 지나가면
발목을 잡고 보채는 작은 미소
미안한 마음으로 마중합니다

여린 듯 단아하고
꽃을 품고 있는 무화과처럼
어쩌면
반짝이는 별보다 초롱거리는
눈빛을 보았습니다

들어내지 않아도
소리 내지 않아도
꿈과 희망을 품고
봄을 맞이합니다.

나무의 사계(四季)

살가운 햇살과 선한 바람
연둣빛 화판에
수채화를 채색하는 봄

작열하는 태양이 질주할 때
파란 손수건으로
흐르는 땀방울 닦아주는 여름

단풍잎 단장하고
산과 들 오색 비 뿌려
시인들의 심상을 적시는 가을

헐벗은 몸뚱어리 산문에 기대어
멀어져 간 햇살을 비비며
하얀 세상 꿈꾸는 겨울이다.

첫눈

순백의 아름다운 날
밤새 내리는 기다림
하얀 골목길 첫 발자국

뽀드득뽀드득
묘한 기분
뚝!
던져놓고 간 그리움
뜨거운 사랑 속삭임

소복이 쌓인 눈
사랑이
가물가물 피어오른다

숨겨 둔 사랑
흐르는 눈물 녹아
어여쁜 얼음꽃 되어버린
첫눈 사랑 이야기가 들려온다

야생화

가꾸지 않아도 피어나는 꽃들
외로운 이름들이다

숲속 길 걷노라면 소담스러운 미소
절로 걸음이 멈추어진다

살며시 고개 숙여 안부를 물으니
파르르 바람 한 점 눈물이 글썽인다

사색에 무심히 지나치는 날들
비로소 미안해졌다

또 어느 날
우리의 남은 사연
이름 모를 풀씨로 바람결에 날려
환한 미소로 기다리고 있을 것이다.

제목 : 야생화
시낭송 : 박영애
스마트폰으로 QR 코드를 스캔하면
시낭송을 감상할 수 있습니다

징검다리

징검다리 위에
수많은 발자국
크고 작은 사연들

물살에
가볍게
거칠게
세월을 흘려보내고 있다

어릴 적 동무들과 징검다리 건너다
미끄러져 물 위에
그대로 엉덩방아 찧던 추억들
지금은 어디쯤 흘러가고 있을까

오늘은 징검다리를 건너면서
누군가를 위해
징검다리 역할을 하는
아름다운 자연을 닮고 싶다.

세록 . 징검나리
시낭송 : 조한직
스마트폰으로 QR 코드를 스캔하면
시낭송을 감상할 수 있습니다

가을을 보내면서

겨울이 문틈으로 살며시
고개 내미는 늦은 가을날

포근한 사랑과 추억이 물든
흔적이 여기저기 뒹굴고 있으나
선뜻 겨울을 반길 수가 없습니다

뜨거운 사랑이 내려앉은 낙엽들이
찬바람에 흐느끼는 합창 소리가
내 안에 젖어 드는 슬픔이 물들고

그대의 따뜻한 숨결과 함께
쓸쓸히 보내야만 하는 가을입니다.

투병

육체가 몸부림치고 아픈 가슴 짓누르듯
정신마저 혼미하다

혼자만의 힘으로 맞서야 하는
이 길고 지루한 싸움 바람길

별이 쏟아지는 밤
별똥별 하나가 가슴을 스쳐 지나가면서
아픔을 두려워하지 말라고 속삭인다

그런 날
핏줄마저 삶을 토해내면
등을 다시 곧게 세워본다

절벽 바위틈 한 줌 흙을 움켜쥐고
다시 생을 노래하는 야생초처럼
외로운 싸움 끝에서
연분홍 봄꽃 피울 날을 위해
한 줄기 빛을 붙잡는다.

세목 . 투병
시낭송 : 박영애
스마트폰으로 QR 코드를 스캔하면
시낭송을 감상할 수 있습니다

낙엽 위를 걷다

사그락사그락
발걸음 따라
밟히는 낙엽 소리 정겹습니다

아마도
지난 이야기
들려주고 싶나 봅니다

한여름 그늘이 넓어지고 있는
나무 아래서 나눈 수많은
인생 이야기를 쓸어 담아 봅니다

지나가는 바람마다
놓고 간 이야기
끝 정 나누는 소리
세월을 담아보았습니다.

가을날의 묵상

찬바람이 불어
잎새들도 바람에 하나둘 떨어지고
앙상한 가지만으로 혹독한
겨울을 보내야 하는 것처럼

어느 순간
우리도 모든 것을 버리거나
잃을 그날이 오고 있음을 깨닫고
비우는 것을 터득해야 할 것이다

아직은
햇살 아래 낙엽들이 가을이라
발길을 멈추게 하고
가을을 쉽게 보내지 못하는 것은
그리움이 남은 탓일 것이다.

가을 아침

산천초목 붉은 기를 머금기 시작하고
하늘에 걸린 새벽달은 희미해져 가고 있다

창밖 어디선가 잠을 깨우는
새소리 들으면서
불그스레 열리는
소중한 의미가 되는 시간이다

추억을 남긴 어제
설레는 내일
그러나
또 다른 느낌 있는 오늘

갈빛에 물들어 가는 낙엽처럼
화려하지도 요란스럽지도 않은
사람들과 함께 아름답게 물들고 싶은
아침을 맞이한다.

창가의 가을

홍엽으로 물든 낙엽이
소담스럽게 내려앉은
창가의 가을날입니다

구절초 꽃잎 흔드는 바람은
분홍빛 실루엣 왈츠를 추고
겨울을 재촉하는
소슬바람이 가슴으로 스며듭니다

맑고 청명한 쪽빛 하늘
어느 멜로디에 화음을 넣어야
아름다운 노래가 흘러나올까

붙잡고 싶은 가을
빠르게도 흘러가는 시간 속에
차 한 잔의 여유를 가지며
창가의 가을날을 즐겨봅니다.

아! 가을아

창문을 똑똑
누군가 봤더니
상큼한 아침 공기가 인사를 한다

초록이들은 어느새
한잎 두잎 고운 옷 갈아입고
긴 여행길 꿈을 꾼다

파란 하늘
솜털 구름 수놓으면서
가을을 맞이하고
그대 마음도
가을 속으로 빠져들어
예쁘게 물들어가고 있겠지

가을아!
곱고 고운 사연
오랫동안 나누고
천천히 머물다 가려무나

그대와 나
아쉽지 않게.

가을을 그리다

가을을 연모하는 비가 오고 간 자리
마지막 더위를 토해내는
매미의 한나절 울음소리도 고요하다

말간 하늘은 파란 수채화 그림을 그리고
지나가는 솜털 구름도 동무하자고 뛰어들어
가을 하늘을 수놓고 있다

농부의 마음을 춤추게 하는
알알이 영글어 가는 곡식들
허수아비 함박웃음
너울너울 풍요로운 들판이다

어느새 하얀 구름 잠재우고
가로등 불빛 좁은 골목길 밝혀
깊어져 가는 가을밤 귀뚜라미 자장가에
지난 추억들 만지작거리면서
가을 여행 꿈을 그리다

가을

가을이 오는 것은
내 가슴이 먼저 안다

넓고 넓어지는 공간
무엇을 채워야 할지
그저 두근거리는
심장 소리를 들어야 한다

파란 하늘을 쳐다보면
마음이 열리고 숨겨 둔 그리움
살며시 꺼내 말려본다

가을엔
내가 사랑하고 아파했던 만큼만
성숙해지고 싶은 가을을 맞이한다.

능소화

한여름 뜨거운 열기를 토해내는
매미의 울음소리와 함께
담장 넘어 그리움도 피어납니다

숨겨진 애절한 사랑 노래가
흘러나오는 붉은 가슴을 내민
늘어진 입맞춤은 당신의 슬픈 전설입니다

그립고 그리운 당신을 그리다가
한나절 열기도 고개를 흔들고
넝쿨 사랑이 익어가고 있습니다

슬픔에 젖은 꽃잎
떨어지는 줄도 모르고
다시 피어나는 화려한 미소는
그대를 위한 기다림입니다.

6월의 숲속

지지배배
새들의 아름다운 노랫소리와
맑은 공기로 유혹하는 숲속

뻐꾹뻐꾹
뻑뻐국뻑꾹
서로 주고받는 인사 정겹다

진초록빛 속
하얀 사랑 엮어 놓은
밤꽃 향이 그윽하다

풀숲 작은 별노랑이
안개꽃, 꿀풀, 개망초
멋들어지게 고개 내민
털중나리, 각시원추리
빨갛게 익어가는 산딸기, 버찌

어서 오라고
내 품에 안겨 쉬었다 가라고
손짓하는 숲속 길을 걷고 있다.

봄 사랑

문밖에 서성이던 봄이
대문 활짝 열고 사뿐히 들어오고 있다

기다리고 기다렸던 봄인가 싶어
연지 곤지 찍고 향수 뿌리고
꽃단장한 모습 예쁘기만 하다

화사한 미소를 지으며
다가오는 아지랑이
어느 들판에나 산길에도
나비처럼 나풀나풀 날아든다

아름다운 꽃길
어려운 발걸음에 오랫동안 머물며
함께 하고 싶은 봄이다.

제목 : 봄 사랑
시낭송 : 박영애
스마트폰으로 QR 코드를 스캔하면
시낭송을 감상할 수 있습니다

40

흐린 날

넉넉한 구름처럼 여유롭게
삶의 속도 한 걸음 늦추어도
뭐라 할 사람 없을 것 같은 흐린 날입니다

온통 구름밭으로
하늘을 가득 채워도
우울한 표정도
용서될 것 같습니다

오래된 친구와 들꽃 향이 나는
수더분한 찻집
소담한 시간도
잘 어울리는 흐린 날입니다

무뎌질 만큼 잘 참아 온 슬픔
구름 위에 띄워
한 차례 소낙비라도 내리면
텅 빈 가슴 어루만져 주는
맑은 날도 있을 테니까요.

제목 : 흐린 날
시낭송 : 장화순
스마트폰으로 QR 코드를 스캔하면
시낭송을 감상할 수 있습니다

시를 그리다

청명한 하늘에
솜털 구름 시화전을 펼치면

계곡에서 흐르는 맑은 시어들
찰싹 짜르르
부서지는 파도 하얀 물감을 타고
나뭇가지에서 운율을 넣는 산새들

바람은 화사하게 햇볕을 칠하고
나비의 달콤한 입맞춤
설레는 꽃 시

그녀는
계절마다 피어나는
시를 가슴에다 그린다.

세복 : 시를 그리나
시낭송 : 박영애
스마트폰으로 QR 코드를 스캔하면
시낭송을 감상할 수 있습니다

금낭화

하늘은 맑고
숲은 푸름과 푸름을 더하고
강가에는
청둥오리 동창회인 양 모여
분주한 봄날입니다

길가 분홍 갈래머리 아이들
총총걸음으로 바람에 춤추듯이
봄 소풍을 갑니다

나도 어릴 적 기억 찾아
엄마가 땋아준 갈래머리
예쁘게 단장하고
봄나들이 가고 있습니다.

모란

볼이 터지도록 물고 있던
모란이 웃고 있다
성글 성글 한 검붉은 눈빛으로 마주친다

황금 덩이 가득한 보석함 같은 꽃술
꽃잎 한 잎 한 잎
귀부인 비단 치맛자락 같다

쪼그려 앉아 감성을 불러
함박웃음 짓고 있는 모란에 얼굴을 묻고
달콤 쌉싸름한 향기에 취하도록 마셨다

우아하고 품격 있는 중년의 연인 같은 꽃
말없이 보기만 해도
지혜가 가득한 여인의 향기를 닮고 싶다.

아침기도

창가에 내려앉은 눈 부신 햇살
다시 듣는 새소리
바람 소리
감사함을 알게 하소서

따뜻한 햇살이
골고루 내려 온 세상을 비출 때
그늘진 마음 따뜻하게 감싸주시고
밝고 고운 날로 살게 하소서

우리 모두 사랑 속에
살고 있음을 알게 하시고
삶에 쌓인 욕심 따뜻한 온기로
오직 사랑으로만 충만하게 하소서.

봄이 질 때

통통하게 살이 찐 꽃잎들
반란이 시작되자
촉촉이 물오른 가지마다
연둣빛으로 감싸고 있다

짧은 봄이란
계절 속에 아름다운 순간순간들
마음 한구석 차곡차곡 쌓인다

어느 날 문득
봄날의 기억을 꺼내
행복한 그리움에 분명 젖어볼 것이다

설레는 첫사랑의 숨결을 느끼면서
수줍게 다시 돌아 올봄을 기다릴 것이다.

초대장

대문 울타리도 없는 꽃들이
노래하는 곳으로
당신을 초대합니다

울적한 마음 힘든 일들
모든 짐 내려놓으시고
활짝 핀 수선화가
당신을 먼저 안아 줄 것입니다

흐드러지게 핀 장미 넝쿨이
진한 향기로
당신의 마음을
편안하게 보듬어 줄 것입니다

그곳은 바로
꽃이 춤추고 향기를 품어내는
대문 없는 꽃밭이랍니다.

춘풍(春風)

산과 들 마른풀 위에
상큼한 바람이 불어온다

차갑다가도 따스하게
다가오는 바람결에
머리 살짝 걷어 올리고
눈 부신 햇살을 맞이한다

강가 서성이다
어깨를 툭 치면서 말을 건넨다

괜찮아 힘내라고
어두운 터널 지나면
한 줄기 희망의 끈을 놓지 않을
봄날이 있기에.

4월

4월은 아름다운 계절이다
고개 조금만 돌려도 형형색색
고운 물감 채색해 놓은 듯
제 빛깔 제일인 양 화들짝 피어난다

4월은 숨어 있던 바람 불러
꽃향기 분주하게 실어 나르고
길섶마다 봄꽃들이 줄지어 피며
새들은 공중제비를 하며 지저귄다

4월은 꽃잎 우산 눈이
짓무르도록 봄을 느끼면서
초대받은 손님이 되어
암흑에서 움츠렸던 허전함
꽃향기로 가득 채우고 싶다.

어머니 봄이 왔어요

제비가 물고 온 봄소식
온통 꽃바다가 되었어요

물감으로 덧칠하기 바쁜 산과 들
꽃 몸살을 앓고 있어요

해마다 봄은 오는데
어머니와 함께 보낼 봄은 다시 오지 않고
지독한 그리움에 물들어
꽃 멀미를 하고 있어요

텅 빈 고향 집
반갑게 마중하신 모습 보이지 않고
마당 쪽문에 작은 풀꽃
눈 맞춤 그만 주저앉고 말았습니다

어머니 봄이 왔어요
아버지 손잡고 꽃놀이 가셨는지요.

제목 : 어머니 봄이 왔어요
시낭송 : 박남숙
스마트폰으로 QR 코드를 스캔하면
시낭송을 감상할 수 있습니다

산수유

봄 향기 가득한
노오란 미소

살그머니 그리움
한 조각 풀어본다

꽃밭에 앉아
사랑 이야기 뒹구는 봄날에
그대 흔적 별빛 되어 흐른다.

노란 편지

길가 양지 녘
봄소식 물고 온 개나리꽃이
한잎 두잎 날개를 펴고 있습니다

오늘 보니
샛노란 물결로 렌즈 앞에
제일인 양 멋을 내고 있습니다

아직 겨울의 끝자락
용감하게 노란 꽃 타래
장관을 장식하고 있는 개나리

꽃잎들의 길잡이
길게 뻗어 가지마다 희망을 기대하고
그리움이 피어나는 듯 생기가 넘치고 있습니다

꽃샘추위에도 용기 있게
봄의 문을 활짝 열고 있으니
이제 괜찮다고
봄이 보낸 노란 편지입니다.

봄비

신선한 공기
아침잠을 걷어내고
창문 두드리는 소리
누구일까 궁금해 창을 연다

손바닥 내밀어
빗방울 톡
그 느낌
왠지 모를 설레임 가슴으로 스며든다

싱그러운 향이 코끝을 스치고
두 손 뻗어 봄을 담는다

산천초목 호명하는 봄비
잠시 왔다가 아쉬운 흔적
남겨두고 사라진 그대는 봄.

동백꽃

붉게 드러낸 가슴
할퀴어진 기다림의 상처
토해내는 울음
동백꽃은 그렇게 툭 떨어지고 말았다

뜨거운 온기 찾으러 어디선가
날아온 동박새 한 마리
먼 산 쳐다보면서 한없이 울어댄다

초록 속 고개 내민 아기 동백
생기 오르고 붉고 붉은 여정
햇살과 바람 손잡고 피워 볼 것이다

피고 지는 인연
우리는 자연의 숨소리를 듣고
그리운 상처 천상의 노래가 된다.

세록 : 동백꽃
시낭송 : 박영애
스마트폰으로 QR 코드를 스캔하면
시낭송을 감상할 수 있습니다

초승달

캄캄한 도화지에다
그대 살짝 엿볼 수 있을 만큼의
작은 마음을 걸어둡니다

그대가
바라보지 않는다 해도
나의 마음을 조금씩 키우렵니다

분에 넘치게 커지고
내가 그대를 보지 못하게 되면

다시 한 시절
아무것도 보이지 않을 작은 불씨만
어둠 속에 묻어 두겠습니다.

제목 : 초승달
시낭송 : 박영애
스마트폰으로 QR 코드를 스캔하면
시낭송을 감상할 수 있습니다

새날 새 아침

새날
낡은 지난날
기억 속에 추억을 묻어두고

새 아침 눈을 뜨면
먼저 오늘이란 선물에 감사함으로
시작하는 아침이 좋다

뿐이랴
사랑하는 모든 이들과 하늘 아래 땅에서
자연의 아름다움을 함께라서 더욱 좋다

곱게 물들어 가는 저녁노을처럼
누구의 마음 상하는 일 없이
분주한 새날 새 아침을 맞이한다.

고백

보이지 않아도
생각만 해도
미소가 그려지는 당신을 사랑합니다

들리지 않아도
생각만 해도
당신 목소리가 들려오는 듯
당신을 사랑하고 있나 봅니다

함께 있지 않아도
생각만 해도
가슴이 따뜻해지는 당신입니다

가질 수 없어도
벌써 내 안에 들어와 버린
당신을 사랑합니다.

비 갠 아침

밤새 내린 비
어디론가 마실 가고
창가에 앉아 있는 맑은 햇살이 잠을 깨운다

길가 느티나무 키가 한 뼘 훌쩍 크고
가지마다 알알이 맺힌 추억마저
가벼운 날갯짓을 한다

산자락 허리에 아득히 눈멀게 했던
그리움의 운무 폴폴 벗어내듯

어느새 사라지고
툭툭 털어내고 나면
기적처럼 사랑 빛깔 무지개 피어날까

가슴에 품은 외로움이라는 아픔도
고운 향기로 흐르는 비 갠 아침

밤사이 그리운 비를 머금고
한 움큼 초롱초롱하게 부풀었구나!

비는

비는
사랑과 그리움을 불러놓는
재주와 멋스러움을 그려내는
아름다운 능력이 있습니다

빗방울에 실린 느낌으로
숨겨둔 사랑 이야기를
엮어놓은 마법도 부리고

비는
그동안 쌓인 아픔과 슬픔
어루만져 주면서
커피 향이 춤추는 창가에
한참을 대책 없이 서 있게도 합니다.

5월의 향기

연둣빛 초록빛
물감을 타서 뿌려놓았더니
숲은 힘찬 몸짓으로 춤을 춥니다

온 산야 꽃들의 웃음소리
그늘이 넓어지는 초록빛 미소가
흐르는 신록의 아름다움에
아직도 사랑할 일이 남아 있다는 것을

흐트러지게 하얀 미소 짓는 이팝나무
담장 넘어 뜨거운 사랑으로 고백하는 장미
보랏빛 사랑 이야기 엮어놓은 등나무꽃

오월처럼만
사랑과 존경 넉넉한 마음으로
풋풋한 향기로 채우고 싶습니다.

여름날의 숲길

짙푸른 숲길을 거닐면
매미들의 함성 작은 몸체
어디에서 몰고 온 큰소리일까

내일은 없다는 듯
울고 또 우는 간절함
나무도 떨리고 내 마음도 아프다

온몸이 소리가 되어
하늘로 올라간다

마음을 토하며 핏줄이 터지도록
울리는 소리 절규의 기도일까

바람도 잠든 한여름
매미가 우는 숲길에서
내 슬픔도 두고 왔다.

비가 내리는 날

비가 내리는 날
그대 추억과 함께 듣는 빗소리는
설렘의 속삭입니다

비가 내리는 날
그대 그리움 불러 추억 한 아름 안고
밀려오는 그대 향기 흠뻑 젖고 있습니다

비가 내리는 날
그리움 속에
그대 사랑이 우산이 되어
따뜻한 온기를 찾고 싶습니다.

숲속의 요정

무엇을 들으려고
이른 봄 귀 열었을까

가녀린 허리선
뽀얀 솜털 바람
나붓나붓 지난 추억
살며시 드러내는 그리움

분홍빛 미소로 피어나는
어여쁜 노루귀꽃이어라!

숲속의 요정
사랑 이야기 귀 기울여
시간이 저만치 가고 있다.

봄꽃

봄은 기다림 속에 새순으로 돋아나고
마침내 꽃으로 피어난다

풀잎마다 꽃잎마다
힘겹게 눈 맞추지 않아도
가슴이 먼저 말하는 살가운 사랑을 하자

힘들고 외롭고 슬픈 일이 있더라도
뜨겁게 붉은 꽃으로
차라리 봄이 되어 버리자.

첫사랑

추운 겨울 이겨내고
흔들리는 나뭇가지
꽃 한번 피우려고 얼마나 애끓는 심정일까

꼼지락꼼지락
보이지 않는 어둠 속에서
세상 밖을 얼마나 그리워했을까

실바람 한 자락에도 놓치지 않고
오직 사랑을 위하여
하얀 솜털 벗어내고
마침내 꽃을 피워 낸 황홀을 보았다

봄이면 가장 깨끗하고
아름다운 상처를 그려내는
첫사랑의 숨결을 터트리고 있다.

제목 : 첫사랑
시낭송 : 박영애
스마트폰으로 QR 코드를 스캔하면
시낭송을 감상할 수 있습니다

감금의 서막

마스크가 인질이 된
코로나19 긴장 속에
어둠이 내려앉은 세상이다

사람이 사람을 무서워하고
손과 손의 온기
마음과 마음도 빼앗아 간다

힘든 이 나날들
당당하게 이겨내고
다시 일상으로 돌아가길 바라며

온 누리의 아픔이
온전히 치유되는
그날이 오기를 간절히 소망한다.

매화 사랑

연분홍 치맛자락 살짝 걷어 올리고
수줍은 새색시 미소 같더이다

봄 햇살 타고 온 낭군님 기다렸듯이
움푹 팬 보조개로 눈웃음으로 마중하는
봄 처녀 같더이다

오소서 님이여!
봄이여!

활짝 웃는 그날에
봄의 향연에 젖으리라.

봄을 담다

봄을 시샘하는 찬바람
꽃이 오는 길목
급한 것도 성냄도 없이 침묵으로
그 자리에서 피어나는 봄을 담았습니다

따뜻한 햇볕 가득 품어
아낌없이 내어주는 기운으로 피어나는
봄꽃들의 입맞춤에 수줍은 미소도 보았습니다

추운 겨울 견디면서
꿋꿋하게 고개 내민 향긋한 봄을

지친 나그네 가슴에 따뜻한 온기와
희망의 꿈을 전해 주고 싶은 마음도 가져왔습니다.

사랑한다는 것은

사랑한다는 것은 말을 하지 않아도
다가서는 눈빛에
사랑의 깊이를 알 수 있습니다

사랑한다는 것은
주고도 주고 싶은 마음
그저 바라보면서 지켜주는 것입니다

사랑한다는 것은
그대 웃음과 미소 흐르는 눈물까지
나 스스로 것으로 돌려받으면서 사랑할 수 있다면
둘이 하나가 되는 아름다운 사랑입니다

사랑한다는 것은
먼저 사랑하고
먼저 배려하고
먼저 낮추는 사랑으로 또 사랑하는 것입니다.

들꽃

허리 굽혀 자세히 보아야 볼 수 있는
올망졸망 옹기종기 앉아있는 작은 미소들

흔하디흔해 눈길 한 번 제대로 받지 못해도
바람이 토닥이고 햇살이 쓰담 쓰담 하니
욕심내지 않아도 예쁘다

흐린 날 비라도 내려주면
살며시 고개 내민 맑은 눈동자로
새초롬하게 튕길 테니
이 또한 아름다움이 아닐까!

새해

첫 설렘
첫 느낌으로
새 아침 햇살을 받아봅니다

하얀 백지를 받아 든
새로운 선물
새로운 마음으로
새 희망의 다짐을 그려봅니다

그리운 것들
아픔과 슬픈 것들
추억 속에 담아 놓고
웃음꽃 피우는 행복의 씨
새해라는 희망에 심어봅니다.

목련

순간순간
짧은 사랑

영원한 사랑
어디 있으랴

쌓인 그리움
하얀 미소

오직 그대 위한 눈빛
그 순간만의 진실한 사랑
떨어지는 온기 그리워하지 않으리.

중년의 꿈

한때는 가꾸지 않아도
순수한 들꽃처럼 수줍은 미소로 다가서는
누군가의 사랑스러운 인연으로 남고 싶었습니다

청춘의 봄날에는 촉촉이 물오른 가지마다
묻어둔 그리움 쏟아져 나오는
연둣빛 사랑도 그렸습니다

아침에 눈을 뜨면
창가에 내리쬐는 햇살을 감사하며
하늘 아래 땅으로 낮은 마음으로 내려놓고
소박하고 편안한 저녁노을을 담으면서

화려하지도 요란스럽지 않은
부담 없는 인연들과 함께 어울릴 수 있는
중년의 길을 걷고 싶습니다.

제목 : 중년의 꿈
시낭송 : 박남숙
스마트폰으로 QR 코드를 스캔하면
시낭송을 감상할 수 있습니다

11월 어느 날

사랑과 추억이 빠져나간 낙엽들이
슬프게 떨어지고 있습니다

창가로 다가서는 찬 바람결에는
그대 향기가 스며든 듯

꾹꾹 눌린 슬픔이 넘쳐
머그잔 커피 속에
그대 얼굴이 그려지는 날

그대와 정겨운 시간이
가을과 함께 떠나가고 있습니다.

이별(離別)

낙엽이 찬바람에 흩날려
겨울로 가는 길목
흐느끼는 소리 애절하다

수줍은 미소 머금은 추억
화려함 잊으려 몸부림친다

바람 따라
구르고 구르다
영원한 이별의 손짓 하며

발가벗은 앙상한 나무
떨어지는 낙엽 온기 찾으려
쓸쓸함만 맴돈다.

가을 장미

갈빛에 물들어 가는 낙엽 따라
못다 한 사랑의 아쉬운 빛깔일까!

붉은 가슴을 드러내어
폭포수처럼 쏟아붓는
화려한 자태를 보았다

포개진 붉은 입술의 간지럼에
발목을 잡고 있는 가을날의 정열일까!

빗방울 속에 감추어진 향기
목덜미와 가슴을 타고 내려
뿌리까지 적시고 있다

불타는 사랑의 몸짓을 스스로 삭히며
날카로운 가시를 잉태하는 가을날이다

퇴색되어 낙하하는
그날의 비참한 최후를 맞이하는 사랑일지라도
온 정열을 태우는 눈빛을 보았다.

세복 : 가을 장미
시낭송 : 박영애
스마트폰으로 QR 코드를 스캔하면
시낭송을 감상할 수 있습니다

가을 사랑

드높고 청명한 가을 하늘
조각구름으로 수놓아 가듯이
나의 사랑도 아름답게 물들고 있습니다

갈빛은 들녘에 내려와
구슬땀 흘리면서
황금빛으로 색칠하는 만큼
우리 사랑도 익어 갑니다

연둣빛 초록빛 그늘이 넓어지면서
가을이 내려앉은 나뭇잎들의 속삭임도
마냥 아름답게 보입니다

나의 사랑이 깊어질수록
길가 코스모스 가녀림처럼
그대 앞에 사랑스러워지고 싶습니다

가을날!
그대와 아름다운 사랑만 하고 싶습니다.

상사화

애절한 사랑 이야기가 들려오는 듯
여전히 그 자리에서
화려한 몸짓으로 사랑의 꽃을 피웁니다

한 몸체 서로 만나지 못한
너와 인연이지만
뜨거운 여정으로 물든 사랑

아름답다고 시들었다고
꺾을 수도 그냥 지나칠 수도 없습니다

얼마나
그립고 기다림에 지쳐 붉은 가슴을 내민
아름다운 사랑이었던가!

가을이 오는 아침

사르르 사르르
드높고 파란 창공에서
가을이 내려옵니다

신선한 공기로 가을을 그려놓고
사뿐히 앉아 있는 나뭇잎 입맞춤에
미소가 일렁입니다

산들산들 갈바람 가을을 불러
그리움 한 움큼도 만지작거리면서
스며드는 가을 아침
기도로 하루에 안겨 봅니다.

치자꽃

너였구나!

저 멀리서 달려와
격하게 안고 싶은 향기를

초록빛 속에
하얀 웃음꽃 피우는 너를

행여 우리가 헤어져야 하더라도
향기로 남겨두고 싶다

너처럼.

백합

화사한 햇살 아래
눈에 띄어 들어온
하얀 옷 입은 천사

맑은 눈동자 수줍은 미소로
고개를 들고 맑은 하늘을 품는다

가느다란 허리선
매듭마다 사랑 눈 영글어 가고
연한 바람 타고 흐르는 고운 향기에 취하다
청아한 모습 그대로 기억하리다

고운 향기를.

오늘은

오늘은
그대가 눈으로 보는 것마다
즐거움이 넘치고
행복한 미소 가득한 날 되었으면 좋겠습니다

오늘은
그대가 누구를 만나더라도
함박웃음을 줄 수 있는
하루가 되었으면 좋겠습니다

오늘은
그대가 듣는 것마다 기쁨이 넘치고
기분 좋은 하루였으면 좋겠습니다

오늘은
그대가 손으로 만지는 것마다
신이 나는 하루였으면 참 좋겠습니다.

좋은 사람

당신과 굳이 같이 있지 않아도
그냥 당신이 좋습니다

멀리 있어도 사는 곳이 달라도
보이지 않는 곳에서도 당신은
내게 미소 짓고 있을 거로 생각하니
그저 행복해집니다

아픈 상처 당신의 고운 마음으로
어루만져 줄 당신을 생각하니
그저 입가에 미소가 가득해집니다

힘이 들 때면 가까운 곳이 아닌
어디에 있는지도 모를 곳에서
그저 내게 미소 짓고 있는 당신이 그립습니다.

연둣빛 사랑

따사로운 봄 햇살 아래
그대의 포근한 미소가 그립습니다

형형색색 꽃들이 춤추고
연초록빛이 물든 달콤한
사랑이 그대를 부르고 있습니다

향기 담은 실바람도
그대의 그리움 한 움큼 품고 속삭입니다

연둣빛이 내려앉은 자리에
그대와의 추억이 머물고 있습니다.

밀양 아랑각의 봄

남천강 굽이굽이 영남루를 휘감고
소스라니 부는 춘풍
대나무 사이 임의 울음소리가 애달프다

영남루 뜰 안 목련꽃 고운 자태
아랑의 분홍 치맛자락 살짝
걷어 올리듯 분주한 봄날이다

연분홍 물감 엎질러 놓은 길목
흐트러진 꽃 무리
바람결에 날려오는 벌 나비 떼
아랑의 가녀린 숨결
남천강 푸른 물 꽃물 되어 흐르고 있다

영남루 화려한 조명 빛
한결같이 한 많은 마음 달래주고
봄이면 피고 지는 인연의 꽃들이 반겨주니
어찌 극락왕생하지 않으리.

제목 : 밀양 아랑각의 봄
시낭송 : 박남숙
스마트폰으로 QR 코드를 스캔하면
시낭송을 감상할 수 있습니다

사랑

때론
사랑이란 그렇다

지친 영혼과
고단한 삶을 깨우는
행복의 물결을 만든다

또한
사랑이란 그렇다

뜨거운 사랑에
벗어나고 싶다가도
너무 그리워 가슴에 눈물이 고인다.

아침

까맣게 채색된 밤사이
잠결에 떠밀려 온 새벽이
창문 틈 사이
신선한 공기와 인사를 나눈다

하루를 시작하는 여명(黎明)은
맑은 종소리로 귀청을 단조하고
간밤에 두서없이 펼쳐진 꿈
찻잔 속에 덜 깬 상념인 듯 우려낸다

호젓하고 여유로운 시간이
부드럽게 녹아든 한 모금
그윽한 차 향기가
눈을 감으며 감미롭게 피어오른다

멋스러운 거울 속에서
나를 비추는 눈 부신 햇살
기쁨과 감사함으로
오늘의 오선지를 그려 본다.

제목 : 아침
시낭송 : 조한직
스마트폰으로 QR 코드를 스캔하면
시낭송을 감상할 수 있습니다

봄이 오는 소리

폭포 얼음 속
봄이 흐르는 소리 재잘재잘 노닐고

한결 부드러워진 포근한 바람 숨결에
매화꽃 봉긋
그리움 쌓인 낙엽 들썩들썩

어둠 속 온 만물이 하품하며
두 팔 벌려 기지개를 켜는 소리

온 산야에서 꿈틀꿈틀 새싹이 돋고
꽃이 피고 새들이 노래하는 봄날

움츠리게 했던 겨울바람
가끔은 그리워하면서 봄을 맞이하는
내 마음 들키고 말았다.

햇살

통통하게 살이 찐 햇살은
꽃을 찾아 뜨거운 입맞춤을 한다

색색의 화려한 그림을 그려내는
햇살의 하루는 분주한 사랑꾼이다

때론
바람이 심심할까 봐
함께 손잡고 친구 하자고 손짓하고

실바람에도 수줍은 꽃들의 미소
격하게 품어내는 햇살이다.

나목(裸木)

봄 햇살과 바람
연둣빛 세상에 희망을 전해 주었고

한여름 푸르름의 몸매
자랑과 함께 지친 나그네의 그늘로
배려를 배우고

갈빛에 물든 오색 홍엽
시인들의 마음을 흔들어
시와 노래 멋진 꿈 선사하고
주고도 더 주고 싶은 온정

찬바람과 외로운 인내로
고요함만 물든 겨울 산야를 묵묵히 지키면서
계절의 순리를 따르는 나목 같은 세상을 꿈꾼다.

겨울 편지

고운 단풍잎 지고 떨어진 낙엽 속에
추억을 묻었습니다

수많은 사연을 안고 있는 우체통이
찬바람 그늘 속에서 야위어 가고 있습니다

첫눈 내리는 나목에 하얀 꽃 피우면
그대를 향한 그리움도
소복소복 쌓였습니다

살랑이는 봄바람 오기 전
그대를 만나보고 싶습니다

그대를 향한 뜨거운 마음
따스한 바람에 업혀 갈까
두렵기 때문입니다.

 제목 : 겨울 편지
시낭송 : 박영애
스마트폰으로 QR 코드를 스캔하면
시낭송을 감상할 수 있습니다

풀꽃

그냥 무심하게 지나치는 것들
이제 내 안에 들어오니
나이가 들었나 보다

자세히 볼수록 빠져드는
신기한 풀꽃의 생명력 감동이다

연약한 작은 미소
비에 젖고 바람에 흔들리며
생존하는 거룩함 기특하다

계절 따라 피고 지는 아름다움
내 그리움도 피어난다.

가을 숲

낙엽 바스락바스락
화려한 추억이 밟힙니다

만추의 향기를 끌어안고
깊은 잠을 재촉하는 숲에는
어둠이 재잘거리며 다가오고
따닥 딱 딱딱
분주한 딱따구리 부리 소리에
겨울이 곧 오려나 봅니다

나목 가지들은 바람의 음률 따라
쉬엄쉬엄 흔들고
구름을 배웅하는 계곡에는
오색 비단을 걸친 물빛의 잔치

그리움만큼 경사진 비탈에는
가물가물 안개가 일어서고
마른 몸을 누이려 떨어지는 낙엽에
임에 얼굴이 어리어 물길 따라 흘러갑니다.

저수지의 가을

갈바람과 햇살이
저수지에 살며시 내려와
쉬어가자고 손짓합니다

물결 위 예쁘게 수 놓고
낮잠 자는 하얀 구름떼

가을 동창회 인양 즐기는
청둥오리들의 나래

색색의 화려한 단풍잎
한 방울씩 떨어져 익어가는
가을을 담는 사진작가들의 렌즈
음률이 흐르는 저수지의 가을입니다

아름답게 색칠한 가을
포근한 마음 담아
사랑하는 모든 이에게
살포시 가을을 띄워봅니다.

구절초(九節草)

가을 소식 안고
어김없이 찾아오는 너를 만났어

내리쬐는 아침 햇살을 포옹하면서
하얀 미소 머금고 있는 너를 보았어

길모퉁이 하얀 얼굴
너의 순수함 갈바람에 업혀
그윽한 향기도 가져왔구나

살빛에 젖은 순수한 눈빛
너의 가녀린 허리 마디마디
예쁜 사랑 심어
고이 간직하는 추억 하나 만들고 싶다.

10월

하늘은 더없이 맑고
떠도는 구름은 제일 인양 멋을 내고
들판에는 황금빛 노랫소리가 흐르고

바람은
잠자는 그리움 한 움큼 품고
지난 추억 만지작거리면서
홍엽(紅葉)으로 물든 오솔길을 즐긴다

활짝 웃고 있는 길가에 코스모스
살빛에 하얀 미소 짓고 있는 구절초
온몸 흔들어 그윽한 향기를 토해내는 국화

짙어가는 가을빛은
우리들의 꽃과 사랑이 되고
하늘을 따서 색칠하는 10월이 좋다.

흔적

꽃과 잎이 떠나간 자리
향기마저 사라져도
외로워하지 않을 것이다

햇살 한 줌 내리쬐지 않고
차가운 눈살에도 서운하지 않을 것이며

바람이 보듬어 주는 상처
한 올씩 감고 감아올리면
숨겨둔 그리움 수줍게 돋는다.

비

먹장구름 옷 벗어 놓고
하얀 솜털 구름 되어 흘러간다

갖은 눈물과 기쁨을 바람 속에
왈칵 섞을 수 있으니 좋겠다

넓은 바다 높다란 산굽이 굽이
마음껏 달리고 넘을 수 있으니 좋겠다

때론 물빛 맑은 강과 실개천에
발을 담그고 동무할 수 있고

어느 처마 밑에 수줍게 피어있는
새색시도 만날 수 있으니 좋겠다

방황하다 발걸음이 지치면
불이 꺼진 창가에 소슬소슬 잠들고

아침이면 간밤의 설움을
말갛게 씻은 얼굴로 깨어날 수 있는
너는 참 좋겠다,

제목 : 비
시낭송 : 박남숙
스마트폰으로 QR 코드를 스캔하면
시낭송을 감상할 수 있습니다

98

해바라기

낮에 두고 간 열기가 남아
그리움을 진한 붓으로 그리다가
간밤을 지새웠습니다

기다림의 하늘을
모서리 접고 오려낸들
비우지도 못합니다

살갑게 박히는 햇살에
익어 가는 사랑이 차마 무거워
고개를 떨군 들
그대는 여전히 나의 태양입니다

비구름이 눈앞을 서성여도
빗줄기에 흐려져도
애끓는 연정마저 가리지는 못합니다

그대의 환한 얼굴이 쨍쨍하게
쏟아지는 날
이슬 머금고 흔드는 노오란 잎새는
그대를 향한 설렘의 손짓이랍니다.

제목 : 해바라기
시낭송 : 최명자
스마트폰으로 QR 코드를 스캔하면
시낭송을 감상할 수 있습니다

별을 안고 잠드는 날

별이 쏟아지는 밤
별 하나
별 둘
별들이 내리는 창밖
하늘을 향해 누웠다

가슴으로 받아야 하나
마음으로 받아야 하나
육체가 몸부림치고
아픈 가슴 짓누르듯
정신마저 혼미하다

문득 별똥별 하나가
가슴을 스쳐 지나가면서
내게 속삭인다

슬퍼하지 말라고
아픔을 두려워하지 말라고

꽃사랑

찬바람 잔뜩 웅크리고 있을 때
눈앞에 살며시 들어와
소롯이 피어나는
하얀 설렘 햇살이 가득하다

슬픈 눈망울 이슬 묻힐 때
가슴에 스며들어
잔잔한 미소 그려주고

무뎌질 만큼
힘든 고통과 슬픔이 엄습할 때
맑은 눈동자로
토닥토닥 어루만져 주는 꽃사랑이어라.

가을이 오다

소낙비는 가을을 연모하여
창가에 서성이면서 아침 인사를 나누고

잦은 바람은 사랑을 닮은
단풍을 데려오려고 분주한 모습입니다

비스듬한 햇살은 들녘에 내려와
황금빛을 칠하느라 구슬땀을 흘리고

허수아비는 흘러가는 구름 한 점을
친구 삼아 먼 길을 여행하는 꿈을 꿉니다

들길에 핀 코스모스는 바람결 따라
높은 하늘을 맘껏 품고 살랑입니다.

아침 풍경

밤새 젖은 숲 햇살 빛 내림
빗어 내리는 이른 아침
배롱나무 꽃잎이 제 몫을 다하고
진자리 앙증맞은 바람 한 점이
악수를 청하며 말을 건넵니다

머물지 못할 자리에
비집고 앉아서
마른침을 삼키는 아침 이슬방울들

또르륵 또르륵
풀잎에 맺힌 청아한 향기가
살갗에 간지럽게 스며들고

새벽을 다 벗지 못한 벤치가
추억을 산책하며 흘러가 버린
옛 시간에 꿈결같이 앉아있습니다.

그런 사람을 사랑합니다

내 앞에 주어진 모든 것들을
겸허하게 말없이 받아들이는
그런 사람을 사랑합니다

아무리 힘들어도 인내하며 즐길 줄 아는
슬기로운 지혜가 있는
그런 사람을 사랑합니다

무엇인가 할 수 있다는 용기와
긍정의 자신감을 가지는
그런 사람을 사랑합니다

아무리 바빠도 넓은 하늘 자락을 올려다보며
자신을 토닥이고 사랑하는
그런 사람을 사랑합니다

항상 무언가 배우고자 하는 의지
어떤 일에도 열정과 최선을 다하는
그런 사랑을 사랑합니다

길가 이름 모를 꽃 한 송이
아름다운 감정으로 다가서는
그런 사람을 사랑합니다

나를 사랑하면서
아름다운 삶을 꿈꾸는
그런 사람을 사랑하면서 살렵니다.

흰 나팔꽃

내리쬐는 아침 햇살
하얀 미소로 순백의 사랑을 토하고
제일인 양 멋을 더하는
너의 날갯짓 매혹에 꼼짝할 수 없구나

하얀 옷맵시 오롯이 앉아있는
너의 순결함에 또한 꼼짝할 수 없구나

해 질 녘이면 말없이 쓰러지는
너의 가슴 한편에 고이 간직하는 그리움

짧은 사랑에 슬퍼하지 말고
진실한 사랑이었다고 전해주려무나.

참나리의 열정

작열한 태양 앞에서 당돌함과 순결함
살랑이는 바람결 따라
온 산야를 누비며 춤을 춘다

가녀린 허리선 겨우 지탱하며
긴 갈래머리 빗질 빨갛게 탄 얼굴
검은깨 뿌려놓은 아름다운 몸짓

하루해 저물도록
오가는 길손의 화사한 미소로
이정표 삼아 정겨운 눈빛 마주친다

겸손함과 순결한 마음
배반하지 않는 여름날의
열정을 오래도록 남기고 싶다.

낙화

너를 보내야 했다

너를 사랑했기에
아낌없이 받은 사랑
떨어지는 꽃잎들의 비명
가슴으로 받아들이고

한 잎 떨어질 때마다
너의 숨결도 지우면서
화려했던 지난 눈먼 사랑도
한 방울씩 잊으리.

인생길

생의 길에서
서로 만나 웃고 운다

까맣게 하얗게
색색의 화려한 길
무뎌질 만큼 익숙해진다

상처 난 자리 상처
눈물 자국 마르지 않는 눈물

생의 무게가 너무 무거워 쓰러지고
힘겨울 때 하얀 미소를 지으면서

스스로 능력의 한계를 넘어
무게를 덜고 더해가며
숨이 차지 않게 쉬엄쉬엄
또 다른 모습으로 생을 끌어가고 있다.

사랑 노래

따사로운 봄 햇살
푸르름을 낳고 그늘이 넓어지는
여름 나무들이 노래하는 자연이 좋다

파란 하늘을 그려놓은 한 폭의 수채화
그림 속에 내가 사랑하는
모든 이들과 시를 그리고 노래한다

길섶 발밑 밟히는 풀꽃 한 포기라도
소중하게 생각하고 스쳐 지나가는
인연일지라도 사랑으로 품고 싶다

심장이 따뜻하게 살아 숨 쉬고 있는 한
나의 사랑 노래는 변함없이 부르리.

행복한 아침

아침 창문에 걸린 커튼을 젖히니
통통하게 살이 찐 햇살과 상큼한 바람이
나를 감싸 안는다

전깃줄에 앉아 방아 찧은 참새들의
사랑 이야기가 들려오고
밤새 얼어붙은 마음
상쾌한 공기에 녹아 흐르도록
마음껏 내맡겨도 부담 없는 아침이다

꿈속에 걷잡을 수 없는 시련
주워 담아도 아무것도 잡히지 않는
흐트러진 생각들

내리쬐는 햇살 속으로 맡기고
여유로운 차 한 잔을 즐기는
오늘이란 선물!
하루를 스케치하는 아침이 행복하다.

라일락

봄이 무르익어 가는 사월!
담장 넘어
늘어진 짙은 향기에 머문다

온 산야 아리따운 꽃들
제 몫을 다 하고 떠난 자리
연둣빛으로 수 놓고
봄바람도 향기에 취해 낮잠을 잔다

불현듯 찾아오는 그리움
짙은 향기로 온몸 태우고
첫사랑의 달달함 쓰디쓴 맛!

가슴으로 스며드는 연한 보랏빛 미소
황홀한 그리움이 일렁이는 라일락 향기에
살며시 눈을 감아 본다.

사랑을 품다

초록 치맛자락 속
아늑한 숲속 사랑
이야기 들려오는 듯
카라꽃 화려함에 쓰러진다

천년의 사랑을 안고
한 줄기 빛바램으로
오롯이 지키고 있는
너의 몸짓에 또한 현기증 난다

무엇이 두려우랴
무엇을 망설이랴

한 송이
한순간
진실을 담은 천년의 사랑
울부짖는 요염한 너를 품는다.

오늘의 기도

오늘은
사랑을 작은 것부터
사랑하게 하소서

오늘은
눈에 보이지 않는다고
무심하지 않게 하소서

오늘은
사랑과 배려로 시작하는
오늘을 사랑하게 하소서.

사랑초

아침 창가
살포시 내리쬐는 햇살 포옹하면서
사랑이 싹트는 소리 소닥소닥

나의 마음 홀려 흔들어 놓고
아름다운 사랑 노래 부르고 있는
너의 눈빛 마주친다

하얀 미소 짓는
너의 품속 녹아
잃어버린 사랑 찾는 꿈을 꾼다

해 질 녘 잊지 못할 사랑 노래
슬그머니 불러 놓고
고개 숙여 내일을 기약한다.

얼음꽃

고요함이 묻어있는 산기슭
화려한 눈빛으로 유혹하는 꽃들
어디론가 먼 마실 보내고 진 자리

밤새 춤추는 숲속 요정들
뭉게뭉게 하얀 구름인 양
아름다운 멋으로 수 놓고

내리쬐는 햇살 가슴에 품고
살포시 드러내는 하얀 속살
수정 구슬 구르는 소리

아지랑이 꽃 피는 봄
숲속 요정들 얼음벽화
무대 삼아 아름답게 춤추고 있겠지.

갈대

하얀 꽃들의 잔치
가을 노래가 들린다

떠도는 그리움
속삭였던 추억

바람 타는 지휘자
박자에 구름 따라
높고 높은 가을 하늘
맘껏 즐기는 합창 음률이 흐른다

하얀 왕관 쓰고
임 부르는 소리에 화들짝 놀란
보랏빛 미소를 짓는
용담꽃이 고개를 내민다.

꽃무릇

가을빛 햇살 아래 긴 속눈썹으로
온몸 불태우는 듯
더없이 아름다운 멋을 내는 너를 보는구나

긴 어둠 속에서 함께한 임의 사랑이
그리워 참지 못한 슬픔에
온통 붉게 토해 낼 수밖에 없는
너의 마음 또한 보는구나

이룰 수 없는 사랑인 줄 알면서
선택한 화려함 그 어찌 모르리

그리운 슬픈 눈물 거두고
이룰 수 없는 사랑
노래 맘껏 부르고 가려무나.

그리움

진 초록빛 여름의 열기를 보내고
아름드리 열매를 맺은 가을이
주홍빛으로 물들어간다

그리움 한 움큼 쥐고 온 바람에게
나의 마음을 흔들어 놓고 가버린
아련한 옛사랑의 소식을 물어본다

뜬구름 같은 님의 소식
기다려도 오지 않는 님의 소식
답장 없는 우체통이 얄밉다

꽃이 피고 새가 우는 봄이 오면
남몰래 묻어둔 그리움 한 장
살며시 꺼내 보련다

님이 오시는 날.

제목 : 그리움
시낭송 : 박남숙
스마트폰으로 QR 코드를 스캔하면
시낭송을 감상할 수 있습니다

아름다운 것들

계절마다 피고 지는
아름다운 꽃들이 있다

초롱초롱한 눈빛으로
마중하는 풀잎
이슬방울도 아름답다

지난 추억 이별의 흔적
아름다움이 숨어 있다

아픔과 외로움도
견디면서 살아내고 있는
우리네 삶도 아름답다.

봄 길

창문 틈 사이 들어오는
봄 향기 아침잠을 깨운다

걸어둔 빗장 활짝 열어
따뜻한 봄바람 가득 안고

자연이 허락한
아름다운 선물 눈에 담으면서

무뎌진 아픈 추억
봄바람에 실어 보내고
꽃이 춤추고 새가 노래하는
봄 길을 걸어가리다.

젊은 영혼

가슴 아픈 시월의 끝자락
한마디 변명도 못 하고
핼러윈 참사 슬픔이다

여리고 여린 푸른빛 청춘들
알싸한 매운 향기
눈물이 되어 떨어지고 있다

갈맷빛 못다 이룬 꿈
하늘에서는 큰 별이 되어 빛나길
젊은 영혼을 달래는 시간이다.

달맞이꽃

흐르는 달빛
찬 이슬 입에 물고
외로운 밤
홀로 즐기고 싶었을까

행여 달님이 찾아올까
행여 별님이 찾아올까

달빛에 얼룩져
기다림에 지쳐
하얀 이슬 흘러내리는
노란 미소
그대 밤은
마냥 화려하지는 않겠지요.

도란도란 봄

하천가 하늘하늘 늘어진 연초록 수양버들
봄을 물고 유희하는 샛노란 개나리

길가 풀섶 작은 미소로
발목을 잡는 봄까치꽃

초록 잎 피우려 흐드러진 가로수
고개 내미는 벚꽃들의 향연

손 닿는 곳
눈길 머무는 흔적마다 행복이 머물고
발길 내미는 곳마다 웃음이 싹트는 봄길

따스한 햇볕 옹기종기 모여앉아
봄을 재잘대는 평화로움
산야도 그립고 너도 그립다.

호접란

당돌한 여인의 모습인가

따뜻한 등 기대어
고고한 멋 자아내는 눈빛

행복
사랑
오롯이 품는 향기

활짝 드러내는
애정
유혹
손짓
두고 온 마음

연한 핑크
우윳빛 사랑 찾아가리.

고마리꽃

수줍은 듯
작은 미소로 반기는 너를 보니
더욱 그리움이 짙어진다

여리게 보이는
내 마음의 아픈 색깔일까

있는 듯 없는 듯
작은 몸짓으로 보이는 너를 보니

더 많이 사랑해 주지 못한
내 마음의 아쉬운 빛깔일까!

거울

하루가 시작되는 아침
구름 깨워 봄나들이 가자고
단아하게 옷매무새 살피라 한다

내 안에 나를 비추니
맑은 날 소풍 가듯
마음의 등불 하나 눈 맞춤하려 한다

진실한 삶의 동반자
때 묻은 나잇자락 말갛게 닦아
봄꽃으로 필 수 있는 하얀 미소

그런 날
당신을 볼 수 있으면 좋겠다.

저 나목 아픔 없이 잎 피웠을까

김현주 시집

2023년 5월 25일 초판 1쇄
2023년 5월 29일 발행
지 은 이 : 김현주
펴 낸 이 : 김락호
디자인 편집 : 이은희
기 획 : 시사랑음악사랑
연 락 처 : 1899-1341
홈페이지 주소 : www.poemmusic.net
E-Mail : poemarts@hanmail.net

정가 : 10,000원
ISBN : 979-11-6284-449-6